La fenêtre de neige

Responsable de la collection : Frédérique Guillard
© Éditions Nathan (Paris-France), 1999

NADINE BRUN-COSME

La fenêtre de neige

Illustrations de Nathalie Novi

NATHAN

un

Marie

L E premier soir, je me retrouve devant la grande fenêtre emplie de neige et de montagnes, et la nuit descend par à-coups, très vite. Autour il y a tous les autres enfants de la colo, pourtant malgré le bruit le silence est de plus en plus grand. J'ai du mal à avaler. Tout à coup j'ai très peur ; de tout ce blanc ; de tout ce noir ; de toute cette neige partout. Alors j'accroche

mes yeux dans les premiers que je trouve. La femme sourit. Elle dit :
– Je m'appelle Marie.

Marie se lève. Quand elle revient elle tient une carte dans ses mains. Elle la pose entre nous sur la table.
– Tu sais où on est ?
– Dans la neige, je dis.
Ces trois mots me font froid. Alors elle pose son doigt sur un point de la carte et elle dit :
– Nous sommes là. Exactement là.
Je regarde le point. C'est un village, avec un nom. Tout ce blanc tout autour a un nom ! En plus c'est un joli nom. Écrit au bord d'une route.

Sur la carte, le doigt de Marie glisse le long de la route. Puis il s'arrête.

– Et là, tu sais ce qu'il y a ?
– Un point, je dis.
– Là, c'est chez nous. C'est notre ville. Là, c'est chez toi.

Je regarde Marie. Je regarde le premier point, dans la neige, l'autre point, plus gros, plus loin, et je refais avec les yeux le chemin qui les relie. Pour être bien sûre. Puis par la fenêtre, je regarde la route, en bas, où filent les voitures.

Sans que je demande rien, Marie dit :

– Oui, c'est cette route-là.

deux

Les messages aux oiseaux

On a rangé nos affaires dans les chambres et puis on est redescendus dîner. Maintenant il fait tout à fait noir.

Dans la chambre on est quatre et c'est comme ne pas avoir de chambre. Je n'ai pas de doudou. J'ai cru que j'étais assez grande et je me sens tout à coup toute petite.

Et puis Marie vient m'embrasser.

Elle embrasse les trois autres et puis moi en dernier. Plus longtemps. Sa mèche me tombe doucement sur la joue. Dès qu'elle s'en va je mets la main contre ma joue, pour garder la caresse aussi fort qu'un doudou.

Le lendemain, après le déjeuner, Marie montre un grand panneau. Dessus, il y a plusieurs activités, comme à la maternelle. Chacun écrit son nom sur une étiquette de couleur. Moi je choisis jaune, à cause du soleil ; aussi parce que c'est la couleur préférée de papa.

Mon étiquette, je la pose sous « raquettes ». Parce que j'ai peur de monter sur des skis. Et parce que ça me rappelle le tennis où mon cousin m'emmène l'été.

Le guide a une grande barbe douce et des yeux gris. Il m'aide à attacher mes raquettes. C'est comme au tennis sauf qu'on les fixe aux pieds. Puis il nous montre comment avancer. Il faut lever haut les pieds, comme quand on apprend à marcher. Ça me fait rire, ça me rappelle quand je posais les pieds sur les pieds de mon père et que ses pieds portaient les miens. Je dis :

– C'est drôle, c'est comme des pieds de géant !

Le garçon près de moi ricane. Je rougis : le guide me sourit. Il vient marcher près de moi. Il dit :

– Avec nous, la montagne n'a qu'à bien se tenir !

Maintenant, à chaque repas je m'assieds face à la grande fenêtre

des montagnes. De là je vois la route, les crêtes, et les oiseaux qui les franchissent. À chacun, en secret, je confie un message. Je suis sûre qu'ils vont loin, très loin, jusque vers ma maison…

trois

Claudia

Ce soir au repas, une fille se met à pleurer. C'est Claudia. Je suis assise juste en face d'elle et tout à coup elle fond en larmes.

Dans la fenêtre, il y a un oiseau sur le point de passer la crête. Je quitte l'oiseau des yeux. Je regarde Claudia. Elle a baissé la tête.

Je regarde à nouveau la fenêtre, l'oiseau est parti. C'est le premier que je laisse disparaître sans message…

Ce matin je laisse libre la place d'où on voit les montagnes et j'attends que Claudia descende. Il faut qu'elle voie la route qui traverse la neige et s'en va loin jusque chez nous. La route pour ne plus être triste.

Au moment où elle descend, la place est déjà prise. De là où Claudia est assise, c'est tout à fait impossible de voir la route et la fenêtre. Alors, après le déjeuner, je prends mon étiquette et celle de Claudia et je les pose toutes les deux sous « histoires ».

J'ai choisi « histoires » à cause de la grande fenêtre de neige. Parce

qu'on raconte devant. Claudia est devant moi, silencieuse. L'histoire, aujourd'hui, c'est celle d'un énorme géant qui marche si fort dans la neige qu'il aplatit toutes les montagnes.

Toutes les montagnes, il les écrase. Toutes, sauf une, un jour. Il a beau sauter, courir, et s'énerver, rien n'y fait. Alors arrive une toute petite fille, toute petite, qui commence à creuser, à creuser…

quatre

Les petits cercles dans la neige

La petite fille a su passer la montagne et l'histoire est finie. Depuis longtemps. Tout le monde est parti et Claudia reste assise, juste devant moi, sans bouger, face à la grande fenêtre. Tout à coup je comprends qu'elle a vu. J'approche. Je dis :
– Elle est belle, hein ?
Sans savoir si je parle de la route,

de la neige, ou bien de la montagne.

Claudia ne bouge pas, puis enfin se retourne et sourit.

Je lui prends la main. Elle est petite, légère, plus légère que les oiseaux qui passent les crêtes chargés de secrets…

Ce matin, Claudia et moi, on est allées ensemble voir les traces d'animaux. Devant il y a le guide aux yeux gris. J'ai montré à Claudia comment attacher ses raquettes, et puis comment marcher avec. Le guide va lentement, les yeux au sol. De temps en temps il tend le doigt, et on se rapproche en silence. On fait un petit cercle autour d'une trace de neige. Puis on repart jusqu'au prochain petit cercle autour du guide, et,

de petit cercle en petit cercle, c'est comme une danse qu'on fait avec nos grands pieds autour des animaux invisibles.

Aujourd'hui, sur une feuille de couleur, nous traçons de grands traits de colle. Puis Marie verse dans nos mains jointes un petit tas de sel. Nous le laissons couler partout sur la feuille.

– Retournez votre feuille ! dit Marie.

Le sel coule jusqu'au sol. Seul celui tombé sur la colle reste en place, et le dessin apparaît.

– Tiens ! Tu as fait un oiseau ! dit Claudia.

Elle, elle a tracé une crête de montagne.

– Pas trop haute, dit-elle, pour pouvoir la passer.

– De toute façon, pour ça il y a mon oiseau.

– Et puis le sel, dit Marie, ça fait fondre la neige !

Ce matin, devant le grand tableau des étiquettes, j'hésite. Et je choisis à nouveau « histoires ». Je sais bien que c'est parce que je n'ose pas prendre « ski ».

Marie aussi le sait. Elle prend mon étiquette et, en me regardant, la pose sur « ski ».

– D'accord ? dit-elle.

Et elle me fait son très beau sourire.

cinq

Des mots pour attendre

On a glissé un peu, puis on est montées en haut d'une petite colline ; d'une grosse bosse, plutôt. Et là, on s'est laissées glisser, doucement, jusqu'en bas. Tout à coup, c'était comme marcher dans un rêve. À la quatrième fois je suis tombée. En même temps que Marie. Je crois bien qu'elle non plus, n'était jamais montée sur des skis. On rigolait tellement qu'on en pleurait. Nos skis étaient tout emmêlés, comme si on allait rester attachées toujours.

Ce soir, c'est notre dernier soir devant la fenêtre de neige. Je ne regarde plus la route, plus les oiseaux non plus. Ce soir, je regarde la neige. Et puis je dis :
– L'année prochaine, j'irai là-haut. Tout là-haut.
Claudia me regarde. Elle murmure :
– Alors, je viendrai avec toi.

En montant dans le car, je serre très fort mon sac à dos. Dedans, il y a un petit tas de sel collé sur une feuille.
– C'est pour toi ! m'a dit Claudia en me le donnant. Sous le sel j'ai écrit quelque chose.

Je regarde la montagne s'éloigner. Je ne suis pas triste. J'emporte des mots secrets enfouis sous un sel aussi doux qu'une neige ; des mots cachés pour attendre.

Table des matières

un

Marie 5

deux

Les messages aux oiseaux 11

trois

Claudia 19

quatre

Les petits cercles dans la neige ... 25

cinq

Des mots pour attendre 33

Nadine Brun-Cosme

Dans son village, les matins de grand ciel, la neige tombe à peine et doucement. Plus tard, dans le silence des rues, des voix d'enfants résonnent, lointaines. Et dans ce peu de neige, ce peu de cris, vient le goût de grandes neiges en montagne, et l'envie de mots proches, de mots profonds, émus. C'est ainsi qu'une à une, sans qu'on sache exactement comment, des histoires se posent silencieuses dans les fenêtres de Nadine.

Nathalie Novi

Née en automne 63, elle a vécu sa petite enfance en Afrique. Elle aime par-dessus tout le quattrocento italien, l'Italie, Picasso, Balthus, Tati, Boby Lapointe, toutes les couleurs, le papier, les contes de fées, sa famille, la campagne, la ville, la vie... Voilà !

DANS LA MÊME COLLECTION

Michel Amelin
Le fils du pirate

Le masque d'or et de sang

Clair Arthur
Parfum de sorcière

Miss Monde des sorcières

Cendre, la jument rebelle

Marie Bataille
Mademoiselle Princesse Culotte

Hubert Ben Kemoun
Un monstre dans la peau

Le soir du grand match

Robert Boudet
L'extraordinaire aventure de M. Potiron

Évelyne Brisou-Pellen
Le jongleur le plus maladroit

Le philtre d'amour

Nadine Brun-Cosme
La fenêtre de neige

Yves-Marie Clément
Roy et le koubilichi

Jean-Loup Craipeau
Le kangourou d'Ooz

Ma victoire sur Cauchemar

Claire Derouin
Leslie Craspouette

Elsa Devernois
Un amour de maîtresse

DANS LA MÊME COLLECTION

Pascal Garnier
Dico dingo

Zoé zappe

Mauvais reflet

Christian Grenier
Le château des enfants gris

Parfaite petite poupée

Thierry Lenain
L'amour hérisson

Trouillard !

Loin des yeux, près du cœur

Jean-Marc Ligny
Le clochard Céleste

Gérard Moncomble
Prisonnière du tableau !

Michel Piquemal
L'appel du Miaou-Miaou

Benjamin et son papa géant

La mer a disparu

Yak Rivais
Le génie de la valise

Éric Sanvoisin
Le buveur d'encre

Une paille pour deux

Le nain et la petite crevette

Natalie Zimmermann
Un ange passe

Yeux de vipère

N° de projet : 10049405 - (I) - 7 - (CSBTS) - 170° - Dépôt légal : Février 1999 Impression et reliure : Pollna s.a., 85400 Luçon - n° 76610B
Conforme à la loi n° 49956 du 16 juillet 1949 sur les publications destinées à la jeunesse. ISBN : 2.09.275049-6